HÉSIODE ÉDITIONS

ARTHUR CONAN DOYLE

Un coeur en loterie

Hésiode éditions

© Hésiode éditions.

1 rue Honoré - 93500 Pantin.
ISBN 978-2-38512-154-9
Dépôt légal : Janvier 2023

Impression Books on Demand GmbH

In de Tarpen 42
22848 Norderstedt, Allemagne

Un coeur en loterie

Bob ! – criai-je.

Pas de réponse.

– Bob !

Un rapide crescendo de ronflements terminé par un très long soupir.

– Réveille-toi, Bob !

– Ah ça qu'est-ce qu'il y a donc ? – demanda une voix endormie.

– Il va être l'heure de déjeuner, – expliquai-je.

– Zut pour le déjeuner, – bougonna l'obstiné dormeur.

– Et puis il y a une lettre. Bob, – insistai-je.

– Pourquoi diantre ne le disais-tu pas tout de suite ? Allons vite, donne-moi ça !

Obéissant à cette cordiale injonction, je m'avançai dans la chambre de mon frère et me perchai sur le bord de son lit.

– Voici, – lui dis-je, en lui tendant la lettre, – timbre indien… Tampon de Brindisi. De qui cela peut-il venir ?

– Si on te le demande, tu répondras que tu n'en sais rien, Boulotte, – me répliqua mon frère qui, après s'être frotté les yeux et avoir relevé les boucles emmêlées qui lui retombaient sur le front, se mit en devoir de rompre le cachet.

Or, s'il est une appellation qui, plus que toute autre, m'inspire un profond mépris, c'est bien celle de « Boulotte ». Une bonne de mauvais caractère, frappée sans doute du contraste que présentait mon visage rond et grave avec mes petites jambes potelées, m'avait, dans mon enfance, octroyé cet odieux, sobriquet. En réalité, je ne suis pas plus boulotte que les autres jeunes filles qui ont comme moi dix-sept ans.

Aussi, me levai-je d'un bond avec autant de dignité que de colère, et je me préparais déjà, en manière de représailles à arracher à mon frère son oreiller pour le lui jeter à la tête, lorsque je m'arrêtai soudain en voyant la mine intéressée que sa physionomie avait prise.

– Devine un peu qui nous arrive, Nelly ? – me demanda-t-il. – Un de nos plus anciens camarades.

– Comment cela ? De l'Inde ? Ce ne serait pas Jack Hawthorne, par hasard ?

– Lui-même, répondit Bob. Jack rentre en Angleterre, et il va venir passer quelque temps avec nous. Il m'écrit qu'il arrivera ici presque en même temps que sa lettre. Allons, ne danse pas comme ça. Tu vas faire tomber mes fusils ou casser quelque chose. Tiens-toi tranquille et reviens t'asseoir ici près de moi.

Bob parlait avec toute la pondération des vingt-deux étés qui avaient passé sur sa tête blonde. Je m'empressai donc de lui obéir en me calmant et en reprenant ma place sur son lit.

– Ce qu'on va s'amuser ? – m'écriai-je. – Mais… j'y songe, Bob. Quand Jack nous a quittés, c'était un gamin, et maintenant ce doit être un homme. Nous allons le trouver joliment changé.

– Dame, si tu veux aller par là, – me dit Bob, – toi aussi, tu n'étais qu'une gamine dans ce temps-là, une vilaine petite gamine avec des boucles, sur les épaules, tandis qu'à présent...

– Eh bien, quoi ?... À présent ?... demandai-je.

– Eh bien, à présent, tu n'as plus de boucles, et puis tu es beaucoup plus grande et plus vilaine.

Les frères ont une salutaire influence sur leurs sœurs. Ils sont toujours là à point nommé pour leur rappeler qu'elles ne doivent pas avoir une trop haute opinion d'elles-mêmes.

Je crois que tout le monde fut content au petit déjeuner en apprenant le prochain retour de Jack. Quand je dis « tout le monde », je veux parler de ma mère, d'Elsie et de Bob. Pour sa part, notre cousin Solomon Barker, ne le fut pas du tout, lorsque toute essoufflée et triomphante, j'annonçai la grande nouvelle. Je n'y avais jamais prêté attention jusque là, mais il faut croire que ce jeune homme était amoureux d'Elsie, et redoutait que Jack devint son rival. Sans quoi, je ne m'explique pas très bien pourquoi il aurait ainsi repoussé son assiette en déclarant qu'il avait merveilleusement déjeuné, sur un ton agressif qui donnait un démenti formel à ses paroles. Quant à Grace Maberley, l'amie d'Elsie, elle parut contente, elle aussi, mais selon son habitude, elle ne le laissa voir que très peu. Pour mon compte, j'étais si heureuse que je pensai en devenir folle. Jack et moi, nous nous étions en effet connus tout enfants, et il avait toujours été pour moi comme une espèce de frère aîné, jusqu'au jour où il était devenu « cadet » et nous avait quittés.

Combien de fois, Bob et lui étaient grimpés dans les pommiers du vieux Brown, tandis que je recevais d'en bas leur cueillette dans mon petit tablier blanc ! Je ne me rappelais guère d'aventure ou d'escapade de notre enfance où Jack n'avait pas tenu le premier rôle.

Mais maintenant, ce n'était plus Jack, c'était « le lieutenant Hawthorne » ; il avait pris part à la campagne de l'Afghanistan, et comme le disait Bob, c'était « un vrai guerrier ». Quelle apparence aurait-il ? Je ne sais trop pourquoi, mais ce mot de « guerrier » m'avait toujours fait me représenter Jack, armé de pied en cap, coiffé d'un grand casque empanaché, altéré de sang et de carnage, et frappant d'estoc et de taille avec une énorme épée. Aussi craignais-je fort qu'ayant accompli une fière besogne, sa grandeur ne lui fît dédaigner nos bonnes parties d'autrefois, nos charades et tous les autres amusements qui étaient de tradition au château de Hatherley.

Cousin Sol se montra à coup sûr fort déprimé pendant les quelques jours qui suivirent. C'est à peine si l'on parvenait à le décider à faire un quatrième au tennis, et il témoignait par contre de beaucoup de goût pour la solitude et le tabac fort. Il nous arrivait de le rencontrer dans les endroits les plus imprévus, tantôt dans le petit bois tantôt sur le bord de la rivière, et dans ces occasions-là, s'il ne lui était absolument pas possible de nous éviter, il se mettait à regarder au loin, d'un œil rêveur, sans prendre garde à nos appels et à nos ombrelles agitées.

Franchement, il devenait bien malhonnête avec nous, et c'est pourquoi un beau soir, avant le dîner, me redressant de toute ma taille de cinq pieds quatre pouces et demi, je me suis mise en devoir de lui déclarer tout net ce que je pensais sur son compte.

À ce moment, cousin Sol, allongé dans un rocking-chair avec le Times devant lui, regardait distraitement le feu par dessus son journal. J'en profitai pour commencer aussitôt l'attaque.

– Il paraît que vous avez à vous plaindre de nous, monsieur Barker, – lui dis-je d'un ton poli, mais un peu hautain.

– Comment cela ? me demanda mon cousin…

– Dame, vous semblez avoir rompu toutes relations avec nous, – lui fis-je observer, puis abandonnant tout de suite ma morgue empruntée : – voyons, Sol, c'est stupide, ce que vous faites ! Qu'est-ce que vous avez donc ?

– Mais rien, Nell, je vous assure, ou du moins, rien qui mérite attention. Vous savez que c'est dans deux mois que je passe mes examens en médecine, et il faut bien que je m'y prépare.

– Oh, – m'écriai-je, toute fiévreuse d'indignation, – du moment qu'il en est ainsi, il ne me reste plus rien à dire. Évidemment si vous aimez mieux vous occuper de squelettes que de vos amis ou de nos parents, c'est votre affaire. Heureusement il y a encore d'autres jeunes gens qui cherchent à se rendre agréables, au lieu de bouder sous prétexte d'apprendre à charcuter les gens.

Et lui ayant jeté à la figure cet épitomé de la noble science chirurgicale, je me mis à redresser à grandes tapes les coussins des fauteuils.

– Ne cherchez pas à me détourner de mes études, Nell, – me dit-il, – vous savez bien que j'ai déjà été retoqué une fois. Du reste, ajouta-t-il d'un air grave, – vous aurez amplement de quoi vous amuser lorsque ce lieutenant… comment s'appelle-t-il ?… ce lieutenant Hawthorne viendra.

– En tout cas, Jack, lui, ne s'occupera pas autant que vous des momies et des squelettes, – ripostai-je.

– Est-ce que vous avez l'habitude de l'appeler toujours Jack ? – me demanda-t-il.

– Naturellement. Cela a l'air si dur de dire John.

J'avais toujours présente à l'esprit l'hypothèse que je m'étais formée à propos d'Elsie. L'idée me vint que je pourrais peut-être donner à l'affaire un tour plus engageant. Sol avait quitté sa place et s'était mis à regarder par la fenêtre ouverte, je m'approchai de lui et relevai les yeux vers sa figure d'ordinaire si pleine de bonne humeur, mais en ce moment sombre et renfrognée. En général, c'était un garçon fort timide ; néanmoins, j'espérais en le stimulant un peu, arriver à lui arracher quelques aveux.

– Vous n'êtes qu'un vilain jaloux.

– Je connais votre secret lui dis-je en payant d'audace.

– Quel secret ? interrogea-t-il en rougissant.

– Suffit. Je vous répète que je le connais, voilà tout. Mais laissez-moi vous dire une chose, – poursuivis-je en m'enhardissant encore davantage, c'est que Jack et Elsie n'ont jamais fait très bon ménage ensemble. Il y a bien plus de chances pour que Jack s'éprenne de moi plutôt que d'elle. Nous avons toujours été de grands amis, lui et moi.

Si j'avais piqué brusquement cousin Sol avec l'aiguille à tricoter que je tenais à la main, il n'aurait pas plus violemment sursauté.

– Grand Dieu ! s'exclama-t-il, et je vis ses grands yeux qui me fixaient étrangement dans la lueur déjà diffuse du crépuscule. Vous vous imaginez donc que je suis amoureux de votre sœur ?

– Mais, certainement, repartis-je avec conviction, et bien résolue à n'en pas démordre.

Jamais deux mots aussi simples n'avaient produit autant d'effet. Cousin Sol fit volte-face en poussant, un cri de stupeur, et sauta tout droit par la fenêtre. Il avait toujours de bizarres façons d'exprimer ses sentiments, mais celle-ci me parut à tel point originale que je ne songeai pas à autre chose qu'à m'en émerveiller. J'étais restée figée à la même place, les yeux fixés vers la nuit qui tombait. Au bout d'un instant, j'aperçus sur la pelouse une figure très confuse et plus étonnée encore qui me regardait.

– C'est vous que j'aime, Nelly, me dit cette figure.

Et elle disparut aussitôt, tandis que j'entendais des pas précipités qui s'éloignaient le long de l'avenue. Il n'y avait pas à dire : c'était un bien surprenant jeune homme que cousin Sol.

Les événements continuèrent de suivre leur cours habituel au château de Hatherley, en dépit de la déclaration originale que m'avait faite cousin Sol. Il ne chercha pas une seule fois à savoir quels étaient les sentiments que j'éprouvais à son égard, et pendant plusieurs jours il ne fit même pas la moindre allusion à ce qui s'était passé entre nous. Il était évidemment convaincu d'avoir fait tout ce qu'il convient de faire en pareil cas. Cependant, il lui arrivait parfois de me causer un trouble inexprimable en venant se planter en face de moi et en me dévisageant avec une fixité absolument déconcertante.

– Ne me regardez pas de cette façon-là, Sol, lui dis-je un jour. Vous me faites frémir.

– Je vous fais frémir ? Et pourquoi donc, Nell ? me demanda-t-il. Est-ce que je ne vous plais pas ?

– Oh si, vous me plaisez, repartis-je, mais si vous allez par là, l'amiral Nelson aussi me plaît ; n'empêche que je ne voudrais pas que son monument vienne me dévisager comme ça pendant une heure. Ça me met toute à l'envers.

– Qu'est-ce qui a bien pu vous mettre en tête l'amiral Nelson ? me demanda mon cousin.

– Je n'en sais rien, ma foi.

– Est-ce que je vous plais à la manière de l'amiral Nelson ?

– Oui, répondis-je, seulement davantage.

Le pauvre Sol dut se contenter de cette faible lueur d'encouragement, car à ce moment, Elsie et Mlle Maberley entrèrent avec un grand frou-frou de jupes et mirent fin à notre tête-à-tête.

Certes, j'aimais bien mon cousin. Je savais quelle nature franche se cachait sous ses dehors discrets. Mais l'idée d'avoir Sol Barker pour amoureux – Sol dont le nom même était synonyme de timidité – était invraisemblable. Pourquoi ne s'était-il pas plutôt amouraché de Grâce ou d'Elsie ? Elles auraient su, elles, se tirer d'affaire avec lui ; plus âgées que moi, elles auraient pu, soit l'encourager, soit le repousser, selon qu'elles auraient jugé le plus convenable de faire. Mais Grâce avait un commencement de flirt avec mon frère Bob, et Elsie semblait ignorer complètement ce qui se passait.

– Jack arrive par le train de deux heures, annonça Bob, un matin, en entrant dans la salle à manger avec une dépêche à la main.

Je vis que Sol me regardait d'un air plein de reproche ; mais cela ne m'empêcha pas de manifester la joie que me causait cette nouvelle.

– On va bien s'amuser quand il sera là, dit Bob. On draguera l'étang, et on fera beaucoup de bonnes parties. N'est-ce pas, Sol, que ce sera drôle ?

Sol trouva sans doute que ce serait d'une drôlerie si grande qu'il n'y avait pas de mots pour la traduire, car il ne répondit que par un grognement inarticulé.

Ce matin-là, je me livrai à une très longue méditation dans le jardin au sujet de Jack. Somme toute, c'était vrai que j'étais grande, comme Bob me l'avait fait observer avec si peu de ménagements. Dès lors, il me faudrait désormais témoigner d'une grande circonspection dans ma manière d'être. Un homme, un vrai, m'avait positivement regardée avec des yeux d'amour. Que Jack fut continuellement pendu à mes trousses ou en train de m'embrasser quand j'étais petite, cela ne tirait pas à conséquence ; mais à présent, il faudrait observer les convenances.

Il allait falloir m'inculquer des habitudes cérémonieuses et réservées. En attendant, j'essayai de me représenter notre première entrevue telle qu'elle se passerait, et j'en fis une manière de répétition générale. Le buisson de houx représentait Jack, et je m'en approchai de mon air le plus compassé, lui adressai une révérence majestueuse et lui tendis la main en disant :

« Je suis enchantée de vous voir, lieutenant ! »

Elsie sortit à ce moment et me surprit au beau milieu de cette cérémonie, mais elle ne m'adressa aucune observation. Toutefois, pendant le déjeuner, je l'entendis qui demandait à Sol si le crétinisme se répandait d'une façon générale dans les familles, ou s'il se limitait simplement aux individus ; cela fit rougir très fort le pauvre Sol, et quand il essaya de lui fournir les explications qu'elle réclamait, il se troubla tellement qu'il se mit à bafouiller presque tout de suite.

Notre basse-cour donne sur l'avenue, à peu près à moitié chemin entre le château et la loge du portier. Sol et moi, en compagnie de M. Nicholas Cronin, le fils d'un squire du voisinage, nous fûmes lui rendre visite après le déjeuner.

Cette imposante démonstration avait pour but de mettre un terme à la rébellion qui avait éclaté dans le poulailler. Les premières nouvelles de la révolte avaient été apportées au château par le jeune Bayliss, l'enfant du garde, qui était venu m'avertir que ma présence était absolument nécessaire. Les volailles rentraient dans mes attributions domestiques, et l'on ne prenait jamais aucune décision à leur égard sans solliciter mon avis.

Le vieux Bayliss sortit en clopinant dès qu'il nous entendit arriver, et nous expliqua tout au long quelle était la cause du tumulte. Il paraît que les ailes de la poule huppée et du coq de Bantam s'étaient développées dans de telles proportions qu'ils avaient réussi à s'introduire dans le parc en volant par dessus le mur, et que le mauvais exemple de ces meneurs avait été si contagieux que même les plus sages en temps ordinaire donnaient aussi des marques d'insoumission et cherchaient à s'introduire en territoire défendu.

Ce qu'elles nous firent courir, les sales bêtes ! Quand je dis « nous », j'entends M. Cronin et moi, car cousin Sol se contenta de nous attendre à l'écart avec les ciseaux qui devaient servir à rogner les ailes aux récalcitrants, en nous prodiguant des paroles d'encouragement.

Les deux coupables, comprirent bien tout de suite que c'était à eux que nous en voulions, car ils coururent se réfugier tantôt derrière le tas de foin, et tantôt sur les cages, avec tant de rapidité qu'il nous sembla bientôt voir au moins une demi-douzaine de poules huppées et de coqs de Bantam à travers la cour.

– Cette fois-ci, nous la tenons ! m'écriai-je, tout essoufflée, en voyant la poule huppée acculée dans un coin. Attrapez-la, monsieur Cronin. Oh ! vous l'avez manquée ! Barrez-lui le passage, Sol. Ah ! mon Dieu, la voici qui vient de mon côté.

– Bravo, Mademoiselle Montague ! s'écria M. Cronin, en voyant que j'avais réussi à saisir la rebelle par une patte au moment où elle essayait de voler par dessus ma tête. Donnez-la moi, je vais vous la porter.

– Non, non, il faut d'abord que vous attrapiez le coq. Tenez, le voici ! Là… derrière le foin. Passez d'un côté ; moi, Je vais passer de l'autre.

– Le voilà qui file à travers la barrière ! cria Sol.

Et nous voilà partis tous les deux, nous aussi, en courant à travers le parc. Je venais d'enfiler le coin de l'avenue quand, tout à coup, je me trouvai nez à nez avec un jeune homme au teint bronzé, vêtu d'un complet de tweed, qui s'en allait en flânant dans la direction du château.

Il n'y avait pas à se tromper sur ces yeux gris et rieurs, et, du reste, même si je l'avais vu pour la première fois, je crois qu'une espèce d'instinct m'aurait fait deviner tout de suite que c'était Jack. Mais le moyen de prendre un air digne alors que l'on tient une poule huppée sous son bras ? J'essayai de me composer un maintien, mais la maudite bête semblait s'imaginer qu'elle avait enfin trouvé un protecteur, car elle se mit à glousser plus fort que jamais. Finalement, je dus y renoncer, et je partis d'un franc éclat de rire, auquel Jack répondit aussitôt de la même façon.

– Comment allez-vous, Nell ? me demanda-t-il en me tendant la main.

Puis, d'une voix étonnée :

– Tiens, mais vous n'êtes plus du tout comme la dernière fois que je vous ai vue !

– Dame, à ce moment-là, je n'avais pas une poule sous le bras, répondis-je.

– Qui donc aurait jamais supposé que la petite Nell était devenue une femme ? murmura Jack, encore tout stupéfait.

– Vous ne pensiez tout de mime pas que je serais devenue un homme ?

m'exclamai-je avec indignation.

Puis, abandonnant soudain toute réserve :

– Nous sommes tous bien contents que vous soyez revenu, Jack. Mais vous irez aussi bien au château un peu plus tard. Pour l'instant, venez nous aider à attraper le petit coq.

– Allons-y ! cria Jack avec le même entrain qu'autrefois, mais en continuant à m'observer avec une vive curiosité. En avant !

Et nous voilà tous les trois partis à travers le parc, encouragés de loin par le pauvre Sol, toujours armé des ciseaux, et maintenant chargé de la prisonnière.

Lorsqu'un peu plus tard dans l'après-midi, Jack alla présenter ses respects à ma mère, il était fort loin d'être aussi présentable qu'à son arrivée, et quant à moi, il y avait belle lurette que j'avais oublié ma ferme résolution de rester digne et réservée.

Nous fûmes toute une bande au château de Hatherley, ce mois de mai. Il y avait d'abord, côté messieurs : Bob, Sol, Jack Hawthorne et M. Nicholas Cronin, et ensuite, côté dames : Mlle Maberley, Elsie, ma mère et moi. En cas de besoin, nous trouvions toujours moyen se lancer une demi-douzaine d'invitations efficaces à la ronde, de manière à avoir des spectateurs quand on faisait des charades ou qu'on jouait la comédie.

M. Cronin, jeune étudiant d'Oxford, souple et athlétique, fut pour nous une heureuse acquisition, car il possédait de merveilleuses facultés d'organisation et d'exécution.

Quant à Jack, il n'était pas, à beaucoup près, aussi enjoué qu'autrefois, à telles enseignes que nous l'accusions tous d'être amoureux, chose qui avait le don de lui faire prendre l'air bébête qu'ont tous les jeunes gens en pareille occurrence, mais dont il ne cherchait pas à se défendre.

– Qu'est-ce que nous allons faire aujourd'hui ? demanda Bob un matin. Quelqu'un a-t-il une idée ?

– On pourrait draguer l'étang, proposa M. Cronin.

– Nous ne sommes pas assez d'hommes, répondit Bob. Quoi encore ?

– Il faudra que nous organisons une loterie pour le Derby, fit observer Jack.

– Oh, quant à cela, nous avons bien le temps. Le Derby ne sera couru que dans quinze jours.

– Si on faisait un tennis, hasarda Sol.

– Oh, zut pour le tennis !

– Vous pourriez aller pique-niquer à l'abbaye de Hatherley, insinuai-je.

– Bravo ! Bonne idée ! s'exclama M. Cronin.

– Eh bien, de quelle façon irons-nous, Nell ? demanda Elsie.

– Oh ! moi, je n'irai pas du tout, répondis-je. Cela me ferait grand plaisir, mais il faut que je plante ces fougères que Sol m'a rapportées. Je vous conseille d'aller plutôt à pied. Il n'y a que trois mille, et vous pourrez envoyer le jeune Bayliss en avant avec le panier à provisions.

– Tu seras des nôtres, Jack ? demanda Bob.

Nouveau contre-temps. Le lieutenant s'était précisément tordu la cheville, la veille. Il n'en avait parlé à personne jusqu'ici, mais à présent, cela commençait à lui faire du mal.

– Non, vraiment, j'en serais incapable, répondit Jack. Trois milles pour, aller, autant pour revenir, c'est trop !

– Allons, voyons, ne fais pas le paresseux, insista Bob.

– Mon cher ami, repartit le lieutenant, j'ai suffisamment battu de terrain dans ma vie pour avoir le droit de me reposer jusqu'à la fin de mes jours.

– Laissez le vétéran tranquille, intervint M. Cronin.

– Plaignons le soldat usé par la guerre, ajouta Bob.

– Quand vous aurez fini de vous moquer de moi, dit Jack. Écoutez, voici ce que je propose, ajouta-t-il en s'animant. Confie-moi le cabriolet, Bob, et j'irai vous retrouver avec Nell aussitôt qu'elle aura fini de planter ses fougères. Nous pourrons nous charger du panier. Vous viendrez, n'est-ce pas, Nell ?

– Entendu, répondis-je.

Bob ayant donné son assentiment à la combinaison, tout le monde se montra satisfait, sauf M. Salomon Barker, qui regardait le soldat avec des yeux un peu furibonds.

Tous les autres allèrent aussitôt faire leurs préparatifs et, peu de temps après, se mirent en route, par l'avenue.

C'est curieux avec quelle rapidité l'état de cette cheville s'améliora, à peine si le dernier de la bande eut, tourné le coin de la haie. Lorsque les fougères furent plantées et la voiture prête, Jack était devenu plus actif et plus déluré que jamais.

– Vous avez l'air de vous être guéri bien vite, lui fis-je observer lorsque nous fûmes en route sur le chemin vicinal, étroit et sinueux.

– Oui, me répondit Jack. À vrai dire, Nell, je n'ai jamais vraiment eu de mal. Seulement, je voulais vous parler.

– Et vous n'avez pas hésité à dire un mensonge pour avoir cette occasion ? lui reprochai-je.

– Nous étions toujours bons amis, étant enfants, Nell, me rappela mon compagnon.

– C'est vrai, reconnus-je, très occupée à regarder la couverture qui m'enveloppait les genoux.

C'est que, voyez-vous, je commençais à avoir beaucoup d'expérience à présent, et à comprendre certaines inflexions de la voix masculine, qu'on n'apprend à connaître qu'à la longue.

– Vous ne paraissez pas avoir autant d'affection pour moi que dans ce temps-là, reprit Jack. Savez-vous bien, Nelly, que quand je campais sur la glace dans les passes des Himalayas, quand je me voyais face à face avec l'armée ennemie prête à nous attaquer, et je dirai même, poursuivit-il d'une voix subitement émue, pendant tout le temps que je suis resté dans cet affreux pays d'Afghanistan, j'avais toujours présente à la mémoire la chère figure de la petite fille que j'avais laissée en Angleterre.

– Vraiment ? murmurai-je.

– Oui, reprit Jack, vous étiez toujours dans mon cœur ; et puis, quand je suis revenu, je me suis aperçu que vous n'étiez plus une petite fille. J'ai retrouvé à la place une charmante demoiselle, Nell, et alors je me suis pris à me demander si vous aviez oublié les beaux jours d'autrefois.

Jack, dans son enthousiasme, devenait positivement poétique. Tout en causant, il avait peu à peu relâché les rênes et laissé le vieux poney faire à sa guise ; aussi ce dernier n'avait-il pas tardé à admirer le paysage.

– Écoutez-moi bien, Nell, dit Jack en frissonnant comme quelqu'un qui est sur le point de tirer le cordon de sa douche, une des choses que l'on apprend, quand on fait campagne, c'est à s'emparer de ce qui vous semble bon dès qu'on l'aperçoit, et à ne jamais barguigner, car on ne sait jamais si un autre ne fera pas main basse dessus pendant qu'on réfléchit.

« Cette fois, ça y est », pensai-je avec désespoir, « et il n'y aura pas de fenêtre par où s'enfuir après qu'il aura fait le plongeon. »

– Croyez-vous, Nell, continua Jack, que vous pourriez éprouver suffisamment d'affection pour moi pour vous associer définitivement à ma vie ? Consentiriez-vous à devenir ma femme, Nell ?

Il n'avait même pas sauté à bas du cabriolet.

Au contraire, il demeurait là, me regardant avec ses grands yeux gris, pleins d'anxiété, tandis que le poney s'en allait d'un pas indolent, s'arrêtant de temps à autre pour brouter les fleurs sauvages qui croissaient sur le bord de la route. Il était évidemment bien résolu à m'arracher une réponse. Je ne sais trop comment cela se fit, mais en baissant les yeux il me sembla voir une figure pâle et timide me regardant du fonds de la pénombre, et entendre la voix de Sol me déclarant son amour. Pauvre garçon, il avait du moins été le premier, lui !

– Est-ce oui, Nell ? insista Jack.

– Je vous aime beaucoup, Jack, répondis-je en le regardant nerveusement, mais (comme sa figure changea en entendant ce seul monosyllabe), je ne crois pas que je vous aime suffisamment pour cela. Et puis, voyez-vous, je suis si jeune. Je devrais être flattée, assurément, de la proposition que vous me faites ; mais ce n'est pas possible ; il faut que vous renonciez à cette idée-là.

– Alors, c'est un refus ? me demanda Jack, en devenant un peu pâle.

– Pourquoi donc n'allez-vous pas plutôt demander la main d'Elsie ! m'écriai-je avec désespoir. Pourquoi faut-il que ce soit moi que vous veniez trouver tous ?

– Je me fiche pas mal d'Elsie, maugréa Jack, en cinglant le poney d'un coup de fouet rageur, qui stupéfia plutôt cet indolent quadrupède. Et d'abord, qu'entendez-vous par « tous », Nell ?

Point de réponse.

– Je vois d'où le vent souffle, reprit Jack avec amertume ; j'avais déjà remarqué aussi, depuis mon arrivée, que votre cousin était continuellement pendu après vous. Vous êtes fiancée avec lui.

– Ce n'est pas vrai, ripostai-je.

– Tant mieux, alors ! s'écria Jack avec conviction. Il me reste de l'espoir. Vous finirez peut-être, avec le temps, par revenir sur votre résolution première. Dites-moi, Nelly, est-ce que, vraiment, vous vous sentez de l'affection pour cet imbécile d'étudiant en médecine ?

– Ce n'est pas un imbécile, protestai-je avec indignation, et, dans tous les cas, je me sens certainement autant d'affection pour lui que j'en éprouverai jamais pour vous.

– Cela n'implique pas nécessairement que vous en ayez beaucoup pour lui, répondit Jack d'un ton maussade.

Et nous n'échangeâmes plus un seul mot jusqu'au moment où les appels de Bob et de M. Cronin nous avertirent que nous avions rejoint le reste de la bande.

Si le pique-nique fut réussi, c'est uniquement grâce à M. Nicholas Cronin. Sur les quatre cavaliers qui nous escortaient, on en comptait trois qui étaient amoureux. C'était beaucoup, et il lui fallut déployer tout son zèle pour qu'on ne s'aperçut pas trop de la distraction des autres. Bob semblait n'avoir d'yeux que pour les charmes de Mlle Maberley ; la pauvre Elsie était délaissée par tout le monde, et mes deux admirateurs passaient leur temps à se regarder en chiens de faïence ou à me lancer des œillades amoureuses. Mais M. Cronin trouvait le temps d'obvier à tous ces inconvénients et de se rendre agréable à tous en se montrant aussi plein d'exubérance lorsqu'il s'agissait de visiter les ruines que lorsqu'il fallait déboucher les bouteilles.

Cousin Sol avait l'air tout triste et tout désemparé. Il s'imaginait sans doute que Jack et moi nous nous étions entendus pour effectuer le trajet en voiture tout seuls. Toutefois, c'était plutôt du chagrin que de la colère qu'on lisait dans ses yeux, tandis que Jack était d'une mauvaise humeur manifeste. C'est cette raison même qui me fit choisir mon cousin pour compagnon pendant la promenade à travers bois qui suivit notre déjeuner. Jack s'était donné dernièrement des airs conquérants et dominateurs qui ne me plaisaient pas du tout, et dont je voulais le corriger une bonne fois. Je lui en voulais aussi de ce qu'il avait paru froissé de mon refus, et de ce qu'il avait cherché à dénigrer ce pauvre Sol en son absence. Cela ne veut pas dire que j'avais plus d'inclination pour Sol que pour Jack. À la vérité, je ne les aimais pas plus l'un que l'autre ; seulement, étant toute jeune encore, j'avais des idées de droiture si arrêtées que cela me révoltait de voir l'un des deux prendre sur l'autre ce que je considérais comme un avantage déloyal.

Sol se montra légèrement surpris de voir que je le choisissais comme cavalier servant, mais il accepta ma proposition avec reconnaissance.

– Alors, je ne vous ai pas encore perdue, Nell ? me demanda-t-il tandis que nous obliquions parmi les gros troncs d'arbres et que nous entendions les voix du reste de la bande s'éloigner et devenir moins distinctes.

– Personne ne peut me perdre, lui répondis-je, car personne ne m'a gagnée jusqu'à présent. Pour l'amour du ciel, qu'il ne soit plus question de cela ! Pourquoi donc ne me parlez-vous plus gentiment, en bon camarade, comme il y a deux ans, au lieu de prendre des allures si sentimentales ?

– Vous le saurez un jour, pourquoi, répliqua mon cousin d'un ton plein de reproche. Attendez un peu que vous soyez amoureuse pour votre compte, Nell, et vous verrez ce que c'est.

Je reniflai d'un air incrédule.

– Asseyez-vous ici, Nell, reprit l'étudiant en m'attirant vers un petit talus couvert de mousse et de framboisiers sauvages, et en se perchant lui-même sur une souche d'arbre, à côté de moi. Maintenant, je vous demanderai tout bonnement de répondre à une ou deux questions que je vais vous poser, et après cela, ce sera fini, je ne vous ennuierai plus.

Je m'assis avec résignation, les mains sur les genoux.

– Êtes-vous fiancée avec le lieutenant Hawthorne ?

– Non ! répondis-je avec force.

– L'aimez-vous plus que moi.

– Non.

Le thermomètre de la félicité de Sol monta à quarante degrés à l'ombre, au moins.

– M'aimez-vous plus que lui, Nelly ? continua-t-il d'un ton très tendre.

– Non.

Le thermomètre retomba au-dessous de zéro.

– Cela veut dire, alors, que nous sommes pour vous tous les deux au même niveau ?

– Oui.

– Mais il faudra pourtant que vous choisissiez entre nous deux un jour, insista mon cousin, en ayant l'air de vouloir me gronder doucement.

– Oh, que vous êtes donc assommant ! m'écriai-je en me mettant en colère, comme le font toujours les femmes quand elles sont dans leur tort. Si vous m'aimiez autant que vous le dites, vous ne seriez pas toujours en train de me turlupiner comme cela. Je crois, ma parole, que vous finirez par me rendre tout-à-fait folle, à vous deux !

Et nous voici, moi sur le point de fondre en larmes, et lui tout consterné et tout abattu.

– Enfin, vous ne vous rendez pas compte de ma situation ? lui dis-je en riant malgré moi de sa mine éplorée. Voyons, supposons que vous ayez eu pour camarades d'enfance deux jeunes filles, que vous ayez beaucoup d'affection pour toutes deux, mais sans jamais avoir eu de préférence ni pour l'une, ni pour l'autre, et sans qu'il vous soit jamais venu à l'idée que vous pourriez un jour épouser l'une d'elles, et puis que, tout d'un coup, l'on vous dise qu'il faut en choisir une, ce qui rendra par conséquent la seconde malheureuse, vous ne trouveriez pas que c'est si commode que ça ?

– Probablement que non, admit Sol.

– Alors, vous ne devriez pas m'en vouloir.

– Je ne vous en veux pas non plus, Nelly, reprit-il en déchiquetant du bout de sa canne un grand champignon rouge. J'estime que vous avez parfaitement raison de bien réfléchir avant de prendre votre parti. Il me semble, continua-t-il en haletant un peu, mais en avouant carrément le fond de sa pensée, en vrai galant homme anglais qu'il était, il me semble que Hawthorne est un excellent garçon. Ayant voyagé plus que moi, il a plus d'expérience, et il faut reconnaître qu'il fait toujours preuve de beaucoup de tact, chose que je ne pourrais certes pas dire de moi. En plus de cela, il est de bonne naissance, et il a un bel avenir devant lui. Oui, je crois véritablement que je devrais vous savoir beaucoup de gré d'hésiter comme vous le faites dans un cas pareil, et voir en cela une preuve de votre bon cœur.

– Ne parlons plus de cela, répliquai-je en songeant à part moi combien il était supérieur à celui dont il me récitait les louanges. Nous ferions mieux d'aller rejoindre les autres. Où peuvent-ils être à présent ?

Il ne nous fallut pas grand temps pour les découvrir. Nous entendîmes des éclats de voix et des rires, dont les échos se répercutaient à travers les longues clairières.

Cet infatigable M. Cronin avait organisé une partie de cache-cache. Nous nous joignîmes aussitôt à eux. Et que ce fut donc amusant de se blottir, de se poursuivre et de s'esquiver parmi les grands chênes de Hatherley ! Comme ils auraient été scandalisés s'ils avaient pu nous voir, l'austère et vénérable abbé qui les avait plantés, et toutes les théories de frères en robes noires qui étaient venus réciter des oraisons sous leur ombre bienfaisante !

Jack avait refusé de jouer en invoquant son mal de pied, et fumait étendu sous un arbre, rongeant son frein et regardant sans cesse M. Solomon Barker avec des yeux furibonds et terribles, tandis que ce dernier s'en donnait à cœur joie et se faisait remarquer par ce fait qu'il réussissait toujours à se laisser attraper, sans parvenir jamais à attraper les autres.

Pauvre Jack ! Il jouait certainement de malheur, ce jour-là. Un amoureux, même au comble de ses vœux, aurait été, je crois, quelque peu contrarié par l'incident qui se produisit pendant notre retour.

Il avait été convenu que nous reviendrions tous à pied, puisque l'on avait déjà renvoyé la voiture avec le panier vide ; nous partîmes donc par le chemin de Thorny et à travers champs. Nous venions à peine de franchir une barrière pour traverser l'enclos de dix arpents appartenant au vieux Brown, quand M. Cronin s'arrêta net et nous fit observer qu'il vaudrait mieux prendre la route.

– La route ? répéta Jack. Et pourquoi faire ? Nous gagnons un quart de mille en passant par le champ.

– Oui, mais c'est plus dangereux. Il est préférable de faire le tour.

– Dangereux ? Quel danger y a-t-il donc ? s'écria le lieutenant.

– Oh, aucun, répondit Cronin. Seulement, ce quadrupède que vous voyez là est un taureau pas commode. Voilà tout. Je suis d'avis qu'il serait imprudent de laisser ces demoiselles s'aventurer par là.

– Nous n'irons pas, affirmèrent les demoiselles en chœur.

– En ce cas, longeons la haie et revenons par la route, proposa Sol.

– Allez par où vous voudrez, nous dit Jack avec humeur. Moi, je passe par le champ.

– Ne fais pas de folie, Jack, s'interposa mon frère.

– Libre à vous de battre en retraite devant une vieille vache, si bon vous semble. Cela froisse mon amour-propre, vous comprenez ; alors, je vous rejoindrai de l'autre côté de la ferme.

Nous nous groupâmes autour de la barrière, attendant avec inquiétude ce qui allait se passer. Jack chercha à se donner l'air d'être exclusivement préoccupé du paysage et de l'état probable du temps, et se mit à regarder alternativement autour de lui et vers les nuages. Toutefois, ses observations commençaient et se terminaient presque invariablement dans la direction du taureau. Cet animal, après avoir d'abord longuement fixé l'intrus, s'était retiré sur l'un des côtés du champ, à l'ombre de la haie, tandis que Jack s'avançait au milieu, dans le sens de la longueur

– Tout va bien, déclarai-je. Le taureau s'est écarté de son chemin.

– Je crois plutôt qu'il cherche à l'attirer, dit M. Cronin. C'est une bête vicieuse et rusée.

À peine M. Cronin avait-il prononcé ces mots que le taureau quitta la haie et se mit à gratter le sol avec son pied, en secouant sa méchante tête noire. Jack était maintenant parvenu au milieu du champ et affectait toujours de rester indifférent aux évolutions de la bête, mais il n'avait pu se défendre de presser un peu le pas. Le taureau se mit alors à décrire, en courant rapidement, deux ou trois cercles étroits ; puis il s'arrêta net, meugla, baissa la tête, redressa la queue et fonça sur Jack à toute vitesse.

Il aurait été oiseux pour Jack de feindre plus longtemps d'ignorer sa présence. Il se décida donc à se retourner et fit un instant face à son ennemi. Mais bientôt, n'ayant entre les mains que sa légère petite badine pour se défendre contre cette demi-tonne de viande inconsciente qui se ruait sur lui, il prit le seul parti qu'il pouvait prendre en pareil cas : fuir vers la haie qui se trouvait à l'autre extrémité du champ.

Au premier abord, il dédaigna de prendre le pas de course et se contenta de marcher un peu vite, sorte de compromis entre sa dignité et ses craintes, qui était si ridicule que, malgré nos appréhensions, nous ne pûmes nous empêcher de rire tous ensemble. Mais bientôt, entendant que la galopade des sabots de corne se rapprochait de lui de plus en plus, il accéléra tellement le pas que, pour finir, il prit ses jambes à son cou, son chapeau envolé, les basques de sa jaquette flottant au vent, cherchant à se mettre à l'abri le plus vite possible. Son adversaire n'était plus qu'à dix pas derrière lui, et certes, si toute la cavalerie d'Ayoub Khan avait été à ses trousses, il n'aurait pu faire preuve d'une plus grande précipitation.

Malgré la hâte avec laquelle il courait, le taureau courait plus vite encore, et ce fut presque en même temps que, tous les deux, ils atteignirent la haie. Nous vîmes Jack s'y enfoncer résolument, et l'instant d'après il ressortit de l'autre côté comme un boulet de canon, ce pendant que le taureau lançait une série de meuglements de triomphe à travers la brèche qu'il avait faite. Ce fut un vif soulagement pour nous de voir que Jack se relevait piteusement, mais indemne, et s'en allait vers le château sans oser se retourner.

Deux jours après le pique-nique devait avoir lieu notre grande loterie du Derby. C'était une cérémonie annuelle à laquelle on ne manquait jamais au château de Hatherley, et parmi les hôtes et les voisins, il se trouvait en général autant d'amateurs de billets que de chevaux prenant part à la course.

– Mesdames, messieurs, la loterie est pour ce soir, annonça Bob en sa qualité de chef de famille. L'inscription est fixée à dix shillings. Le second recevra un quart de la poule, et le troisième aura sa mise remboursée. Il est interdit de prendre plus d'un billet ainsi que de revendre le sien après l'avoir pris. Le tirage aura lieu à sept heures.

Tout cela fut débité par Bob sur un ton officiel et pompeux, mais l'effet qu'il avait cherché à produire fut quelque peu gâté par le sonore : « Amen ! » lancé par l'incorrigible M. Cronin.

Je vais être maintenant forcée d'abandonner pour quelque temps le style personnel de mon récit. Jusqu'à présent, mon historiette a été composée simplement d'extraits détachés de mon journal intime, mais arrivée à ce point, il me faut rapporter ici une scène dont je n'eus connaissance que plusieurs mois plus tard.

Le lieutenant Hawthorne, ou Jack, comme je ne puis faire autrement que de l'appeler, avait fait preuve de beaucoup de calme depuis son aventure avec le taureau et s'abandonnait maintenant à d'interminables rêveries. Or, par un effet du hasard, il se trouva que, le jour de la loterie, M. Solomon Barker entra, après déjeuner, dans le fumoir et découvrit le lieutenant assis sur un divan et en train de fumer dans un magnifique isolement. Battre en retraite eût été de la poltronnerie ; l'étudiant s'assit donc sans mot dire et se mit à feuilleter les pages du Graphic.

Les deux rivaux sentirent tous deux que la situation était des plus embarrassantes. Ils s'étaient depuis longtemps appliqués l'un et l'autre à s'éviter tant qu'ils pouvaient, et c'est pourquoi ils éprouvaient une telle gêne à se trouver face à face à l'improviste, sans tierce personne susceptible de leur servir de tampon.

Le silence finit par devenir intolérable. Le lieutenant bâillait, toussait avec une nonchalance exagérée, et cherchait à se donner l'air absorbé par la lecture de son journal. Une fois, Sol releva le nez vers son compagnon, mais justement ce dernier était en train d'en faire autant, de sorte que, simultanément, tous deux parurent prendre un intérêt des plus vifs au dessin de la corniche.

« À quoi bon lui faire la tête ? », pensa Sol en lui-même. « Après tout, je ne demande qu'une chose, c'est que tout se passe loyalement. Il va sans doute me rabrouer, mais n'importe, tâchons quand même de l'aborder. »

Sol avait justement laissé éteindre son cigare ; c'était là une trop belle occasion pour la laisser échapper.

– Auriez-vous l'obligeance de me donner une allumette, lieutenant ? pria-t-il.

Le lieutenant était désolé, tout à fait désolé, mais il n'avait pas d'allumettes sur lui.

Mauvaise entrée en matière, par conséquent. Néanmoins, M. Solomon Barker, comme beaucoup de timides, devenait l'audace incarnée dès que la glace était rompue. Il ne voulait plus de bisbilles, ni de méprises dorénavant. C'était l'heure où jamais d'arriver à un arrangement définitif. Il traîna donc son fauteuil à l'autre bout de la pièce, et vint se planter devant le soldat, que cette manœuvre étonna profondément.

– Vous êtes amoureux de Mlle Nelly Montague, lui fit-il observer.

Jack bondit sur ses pieds avec la même précipitation que si le taureau du fermier Brown était entré par la fenêtre.

– Et quand je le serais, monsieur, dit-il en tordant sa moustache brune, en quoi cela vous concerne-t-il ?

— Ne vous emballez pas, répondit Sol. Reprenez votre place et causons tranquillement. Moi aussi, je suis amoureux d'elle.

— Cela revient à dire que nous sommes tous deux amoureux d'elle, poursuivit Sol en ponctuant ses paroles du bout de son index.

— Eh bien, et après ? J'imagine que c'est le meilleur de nous deux qui remportera la victoire, et que Mlle Montague est bien de taille à fixer son choix elle-même. Vous n'avez pas la prétention, je pense, d'exiger que je me retire de la course sous prétexte que vous ambitionnez le prix ?

— C'est justement cela, s'écria Sol. Il faudra que l'un de nous deux se retire. Vous avez mis le doigt sur l'idée juste. Vous comprenez : Nelly… (Mlle Montague, veux-je dire…) a, autant qu'il m'est permis d'en juger, plus d'inclination pour vous que pour moi, mais je lui inspire, d'autre part, assez d'inclination pour qu'elle ne veuille pas me peiner en m'opposant un refus catégorique.

— La franchise m'oblige à reconnaître, dit Jack d'un ton conciliant cette fois, que Nelly (Mlle Montague, veux-je dire…) a plus d'inclination pour vous que pour moi ; mais qu'elle en a néanmoins suffisamment à mon égard, comme vous le constatez vous-même, pour ne pas me préférer ouvertement mon rival en ma présence.

— Je ne crois pas que vous ayez raison, repartit l'étudiant. Je suis même sûr que vous avez tort ; car elle-même me l'a confié. Toutefois, ce que vous me dites nous aidera à nous entendre comme je souhaite que nous y parvenions. Il est bien évident que tant que nous nous montrerons tous les deux également épris d'elle, nous ne pourrons avoir l'espoir de la conquérir.

— C'est assez juste, reconnut le lieutenant après avoir réfléchi ; mais alors, que proposez-vous ?

– Je propose que l'un de nous se retire, pour employer l'expression dont vous vous êtes servi.

– Mais lequel se retirera ? – demanda Jack.

– Ah, voilà la question.

La situation semblait sans issue. Aucun des deux jeunes gens ne paraissait le moins du monde décidé à abdiquer en faveur de son rival.

– Écoutez, – dit le lieutenant, – si nous nous en remettions au hasard ?

La proposition était loyale en somme, et l'officier l'accepta immédiatement. Mais alors, une nouvelle difficulté se présenta. Tous deux, pour des raisons sentimentales, se faisaient scrupule de jouer leur belle à pile ou face ou de la tirer à la courte-paille. C'est à cet instant critique que le lieutenant Hawthorne fut frappé d'une inspiration.

– Je vais vous dire comment nous déciderons cela, – expliqua-t-il. – Nous avons chacun un billet pour notre loterie du Derby. Si c'est votre cheval qui bat le mien, j'abandonne la lutte ; si, au contraire, c'est le mien qui bat le vôtre, vous renoncez à Mlle Montague. Cela vous va-t-il ?

– Je n'ai qu'une seule condition à poser, – répondit Sol. La course n'aura lieu que dans dix jours. Il faut que, durant ce temps-là, aucun de nous ne cherche à prendre sur l'autre un avantage déloyal. Nous nous engagerons réciproquement à ne plus faire la cour à Mlle Montague tant que la question ne sera pas résolue.

– Conclu ! – dit le soldat.

Comme je l'ai déjà fait remarquer, j'ignorais l'entretien qu'avaient eu ensemble mes deux amoureux. J'ajouterai simplement en passant, que pendant qu'il avait lieu, je me trouvais pour mon compte dans la bibliothèque, en train d'écouter des pages de Tennyson que me lisait, d'une voix musicale et profonde, M. Nicholas Cronin. Je remarquai toutefois dans la soirée, que les deux jeunes gens avaient l'air prodigieusement préoccupés de leurs chevaux, et que ni l'un ni l'autre ne paraissaient chercher le moins du monde à se rendre agréable à mes yeux. J'eus d'ailleurs la satisfaction de voir qu'ils furent aussitôt punis de leur négligence lorsqu'on procéda au tirage au sort ; tous deux amenèrent en effet de parfaits outsiders. Le cheval de Sol s'appelait, je crois, Eurydice ; celui de Jack, Bicyclette. M. Cronin amena un cheval américain nommé Iroquois, et tous les autres se montrèrent assez satisfaits de ce que la chance leur apporta.

Avant de monter me coucher je risquai un coup d'œil dans le fumoir, et je vis avec amusement que Jack était en train de consulter l'oracle sportif du Field, tandis que Sol était plongé dans la lecture de la Gazette. Cette passion inopinée pour le turf me parut d'autant plus étrange que je savais mon cousin fort incompétent en la matière.

Tout le monde s'accorda à trouver bien longs les dix jours qui suivirent ; mais, pour ma part, je ne fus pas de cet avis. Cela tient peut-être à ce que je fis, au cours de cette période, une découverte très inattendue et très agréable. C'était un grand soulagement pour moi de n'avoir plus à craindre de froisser les susceptibilités de mes ci-devant amoureux. À présent, j'étais libre de parler et à ma guise ; car ils m'avaient complètement abandonnée et laissaient à mon frère Bob et à M. Cronin le soin exclusif de s'occuper de moi. On aurait dit que leur passion nouvelle pour les courses leur avait fait totalement oublier l'ancienne.

À mesure que le grand jour approchait, l'émotion devenait plus vive. Il nous arrivait souvent, à M. Cronin et à moi, d'échanger des coups d'œil malicieux lorsque nous voyions, au petit déjeuner, Jack et Sol se précipiter sur les journaux et dévorer la liste des paris. Mais ce fut la veille au soir du Derby que l'affaire atteignit son point culminant.

Le lieutenant avait couru à la gare afin d'apprendre plus vite les dernières nouvelles, et à présent, il rentrait comme une trombe, agitant au-dessus de sa tête un journal froissé.

– Eurydice est rayée ! – cria-t-il. – Votre canasson est fichu, Barker !

– Hein ! Montrez-moi cela, – gémit mon cousin en prenant le journal.

Mais aussitôt, il le laissa tomber par terre, sortit en coup de vent et se mit à dégringoler l'escalier quatre à quatre. Nous ne le revîmes que fort tard dans la soirée, lorsqu'il rentra furtivement, la figure toute défaite, et remonta dans la chambre. Pauvre garçon, je l'aurais volontiers pris en commisération si son brusque revirement vis-à-vis de moi ne m'avait un peu refroidi à son égard.

À dater de ce moment-là, Jack parut devenir un homme tout autre. Il se mit à me prêter une attention marquée, ce qui m'ennuya beaucoup d'ailleurs, ainsi qu'une autre personne qui était au salon avec nous. Il joua du piano, chanta et nous proposa de danser ; bref, il usurpa complètement le rôle qui était ordinairement dévolu à M. Cronin.

Je me rappelle avoir été frappée de ce fait que le matin du jour du Derby, le lieutenant parut se désintéresser entièrement de la course. En descendant pour déjeuner il ne se donna même pas la peine d'ouvrir le journal qui était à sa place. Ce fut M. Cronin qui se décida à le prendre, à le déplier et à jeter un coup d'œil sur ses colonnes.

– Quelles nouvelles, Nick ? – demanda mon frère Bob.

– Rien, ou à peu près. Ah si, attendez, voici quelque chose. Encore un accident de chemin de fer. Une collision sans doute. Le frein de Westinghouse n'a pas fonctionné. Il y a deux tués, sept blessés, et… par exemple, écoutez voir un peu : « Au nombre des victimes figurait l'un des concurrents de l'Olympiade hippique d'aujourd'hui. Un éclat de bois pointu lui avait pénétré dans le flanc, et il a fallu sacrifier cet animal de valeur sur l'autel de l'humanité. Le nom du cheval en question est Bicyclette. » Tiens, vous avez chaviré votre café sur la nappe, Hawthorne ! Ah. c'est vrai, j'oubliais : Bicyclette était votre cheval, n'est-ce pas ? D'après ce que je vois, Iroquois, qui avait débuté très bas, est devenu à présent un des premiers favoris.

Paroles prophétiques, lecteur, comme votre sagace discernement vous l'a sans doute fait deviner déjà. Mais n'allez pas pour cela me traiter de coquette et d'inconstante avant d'avoir apprécié les faits à leur juste valeur. Réfléchissez à quel point j'avais été vexée par la désertion inopinée de mes admirateurs, imaginez la joie que m'apporta l'aveu d'un homme dont j'avais cherché à me dissimuler à moi-même que j'étais éprise, pensez aux magnifiques occasions qui s'étaient offertes à lui pendant le temps où Jack et Sol m'avaient évitée de parti pris. Pesez bien tout cela, et dites-moi ensuite lequel d'entre vous osera jeter la première pierre au rougissant petit gros lot de la Loterie du Derby ?

Voici la chose, telle qu'elle fut insérée au bout de trois mois très courts dans le Morning Post :

« En l'église de Hatherley, M. Nicolas Cronin, fils aîné de M. Nicholas Cronin, des Woodlands, Cropshire, avec Mlle Eleanor Montague, fille de feu M. James Montague, juge de paix, du château de Hatherley. »

Jack partit après avoir déclaré qu'il avait l'intention de se proposer comme volontaire dans une expédition qui faisait ses préparatifs de départ pour le Pôle Nord en ballon. Mais il revint au bout de trois jours, disant qu'il avait changé d'avis, et qu'il projetait de se lancer sur les traces de Stanley à travers l'Afrique équatoriale. Depuis, il lui est arrivé de faire une ou deux allusions aux espérances déçues et aux joies inexprimables de la mort ; mais somme toute il se remet peu à peu.

Sol a pris la chose plus doucement, et je crains pour lui qu'il n'en ait souffert davantage. Néanmoins il s'est ressaisi comme un bon et brave garçon qu'il est, et il a même poussé la hardiesse jusqu'à proposer un toast aux demoiselles d'honneur, ce qui lui a procuré l'occasion de s'empêtrer dans une belle phrase dont il n'a jamais pu sortir.

Je me suis laissé dire qu'il avait confié ses malheurs et ses déceptions à la sœur de Grâce Maberley, et qu'elle lui a témoigné la sympathie qu'il en attendait. Bob et Grâce doivent se marier dans quelques mois ; il se pourrait donc fort bien qu'un autre mariage fût également célébré vers la même époque.